CE QUE FIANCÉE DOIT LIRE

LA
LUNE DE MIEL

MONOLOGUE EN VERS

Dit par Mlle FREMAUX, de la Comédie-Française

Comme chez nous — tout seuls — nous aurions été mieux!

PARIS

LÉAUTEY, ÉDITEUR

24, rue Saint-Guillaume

1885

DU MÊME :

LE GENDARME. poésie dite par M. FRÉMAUX du *Théâtre national de l'Odéon*. (Quarantième édition).

LE DRAPEAU TRICOLORE, strophes mises en musique par M. FONTBONNE, directeur de la Société chorale « les Enfants de Lutèce ».

Les poésies du lieutenant PAOLI — **données** à l'œuvre du « Gendarme » (secours aux familles des militaires de la gendarmerie tués dans le service), — ont produit VINGT MILLE NEUF CENT VINGT-CINQ FRANCS en six mois et ont permis d'envoyer, dans le même laps de temps, les secours indiqués ci-après ·

1. A la veuve du maréchal des logis HERT, tombé victime de son dévouement sous le poignard d'un meurtrier, retirée à l'Ile-Rousse (Corse), trois enfants en bas âge, **cent francs** .... 100 fr.

2. A la veuve du brigadier AMBROIS, tué par des contrebandiers, retirée à Pont-en-Royans (Isère), deux enfants dont l'aîné n'a pas dix ans, **soixante-quinze francs** .... 75 fr.

3. A la femme du gendarme CACCIAGUERRA, tombé victime de son dévouement sous le poignard d'un meurtrier, quatre petits enfants à sa charge et le mari très grièvement blessé à l'hôpital depuis cinq mois, brigade de Bonifacio (Corse) **soixante fr.** .. 60 fr.

4. A la veuve du gendarme TEMPLIER, tué par des braconniers, retirée à Chenault (Loiret), un enfant de trois ans à sa charge, **cinquante francs** .... 50 fr.

5. A la veuve du gendarme DODINET, tué en opérant l'arrestation de deux malfaiteurs, retirée à Massiac (Cantal), un enfant de deux ans, **cinquante francs** .... 50 fr.

6. A la veuve du gendarme BIGEY, mort accidentellement dans un incendie, retirée à Selles-sur-Cher (Loir-et-Cher), un enfant né quatre jours après la mort du père, **cinquante francs** ...... 50 fr.

7. A la veuve du gendarme NONAIN, mort accidentellement dans un incendie, retirée à Dompierre-les-Ormes (Saône-et-Loire), un enfant de trois ans, **cinquante francs** .... 50 fr.

8. A la veuve sans enfants du gendarme GORRY, tombé victime de son dévouement sous le poignard d'un meurtrier, retirée à Castillon (Gironde), **vingt-cinq francs** .... 25 fr.

9. A la femme du gendarme GALLOIS, de la brigade de Tournan (Seine-et-Marne), deux filles dont l'aînée n'a que trois ans, et le mari, — grièvement blessé par des braconniers, — en traitement depuis huit mois et estropié pour toujours, **cinquante francs** ... 50 fr.

A reporter .... 510 fr.

10. A la femme du gendarme PRINCET, de la brigade de Beni-Saf
(Algérie), trois enfants dont l'aîné n'a que huit ans, et le mari,
grièvement blessé en opérant l'arrestation de deux déserteurs
de la légion étrangère, a fait un séjour de cinq mois à l'hôpital,
cinquante-cinq francs............................ ...... 55 fr.

11. A la veuve du gendarme GUILLET, de la brigade de Bellac (Haute-
Vienne), mort subitement d'une hémorrhagie cérébrale en reve-
nant de constater la découverte d'un cadavre. Quatre enfants
en bas âge à sa charge dont une fille infirme. Position excessi-
vement nécessiteuse. **Cent vingt-cinq francs**............ 125 fr

12. A la veuve du gendarme PROST, de la brigade d'Olivese (Corse),
tombé victime de son dévouement sous les coups d'un meurtrier. Un enfant en bas âge à sa charge, **cinquante francs**. 50 fr.

13. A la famille du brigadier GÉRARD de la brigade de Taïo-Haé
(Noukahiva, archipel des Marquises). Le père mort après un
traitement de deux ans et demi pour aliénation mentale con-
tractée à la suite d'une chute en mer où il a eu la tête prise
entre un navire de l'Etat et une baleinière, et la mère, créole
de l'Océanie, éloignée de 5,000 lieues de ses parents. — Deux
enfants en bas âge. **Soixante-quinze francs**... .... 75 fr·

14. A la veuve d'un gradé, mort à la suite d'une grande fatigue
éprouvée dans le service. Cinq petits enfants à sa charge (6° légion). **Cent-cinquante francs.** 150 fr.

      Total des secours envoyés en six mois (1)........ 965 fr.

(1) Les secours envoyés par l'œuvre du « *Gendarme* » sont toujours réglés sur
le nombre d'enfants et jamais sur le grade.

LA
LUNE DE MIEL

NOTE DE L'ÉDITEUR

Relative a la poésie « *Le Gendarme* »

Aux félicitations de trente Chefs de Légion qui se trouvent ainsi résumées :

Votre charmant opuscule renferme, dans son cadre restreint, plus d'idées bonnes, justes et saines, que beaucoup de gros volumes.   Lieutenant Colonel GUIBERT.

J'ai lu avec un véritable plaisir votre *Gendarme*. Vos vers ont le double mérite *d'être frappés au bon coin* et d'être consacrés à une thèse honnête et juste, soutenue par vous avec talent. Vous avez fait là une bonne œuvre dont je vous félicite cordialement.   Colonel DELAGRANGE (*Nommé général*).

J'ai fort admiré votre œuvre, tant au point de vue de l'idée que de la forme dans laquelle elle est exprimée, et je vous félicite de la bonne inspiration que vous avez eue de glorifier notre arme.....   Colonel BOUTARD (*Nommé général*).

Nous ajoutons celles-ci :

Je vous adresse toutes mes félicitations au sujet des excellents sentiments qui vous ont inspiré votre brochure intitulée *le Gendarme*, que j'ai lue avec le plus grand intérêt.

Général THOMAS
Commandant la place de Paris

Je vous adresse mes souhaits de réussite et mes bien affectueux compliments.   Général LAMBERT

Mes remerciements pour votre poésie militaire *le Gendarme*.
Général SAUSSIER
Gouverneur militaire de Paris.

Remerciements et félicitations.
Emile AUGIER, *de l'Académie Française*

Votre *Gendarme* est bien pensé et bien dit. Merci et bravo.
François COPPÉE, *idem*

Je viens de lire avec grand plaisir ce petit poème très touchant. Compliments empressés.
Camille DOUCET, *Secrétaire perpétuel de l'Académie Française.*

Veuillez agréer, avec tous mes vœux pour votre succès ma modeste offrande et l'assurance bien sincère de mes sentiments les plus distingués.
Comte de FALLOUX, *de l'Académie Française.*

Mes remerciements et mes félicitations.
Ludovic HALEVY *idem*.

J'envoie, avec mes civilités et mes compliments, mon offrande pour les familles des gendarmes tués ou blessés dans le service.

Édouard PAILLERON, *idem*.

Mille compliments pour vos vers bien inspirés. Ci-joint mon offrande.   Eugène LABICHE, *idem*.

Mes remerciements et mes félicitations pour votre œuvre pleine de cœur.   Camille ROUSSET *idem*.

Le Gendarme a reçu aussi les suffrages des membres de l'Académie Française dénommés ci-après :
Caro, Duruy, Marmier, Mézières.

PAOLI

Lieutenant à la Garde Républicaine

LA

LUNE DE MIEL

MONOLOGUE EN VERS

Dit par Mlle FRÉMAUX de la Comédie-Française

PARIS

LÉAUTEY, ÉDITEUR

24, rue Saint-Guillaume

1885

A

Mademoiselle FRÉMAUX

DE LA COMÉDIE-FRANÇAISE

Mademoiselle

Quand on écoute la fauvette
    De nos champs
Songe-t-on jamais au poète
    De ses chants ?

Non. Ce n'est pas ce qu'elle chante
    Dans les bois
Qui plaît au passant et l'enchante ;
    C'est sa voix.

Ainsi, ces vers, — qui vont paraître, —
    Semblent doux
Parce qu'ils ont le bonheur d'être
    Dits par vous.

Donc, pour qu'ils affrontent l'espace
    Sans souci,
Acceptez-en la dédicace,
    Et merci !

PAOLI.

LA

LUNE DE MIEL

Sans avoir réfléchi, — ce qui se fait souvent, —
Je me suis mariée en sortant du couvent.
Ah! nous ne restons pas longtemps dans nos familles,
Auprès de nos mamans, nous autres jeunes filles !
De règle, on fait de nous, sitôt que nous naissons,
De beaux petits colis qu'on nomme nourrissons
Et que l'on expédie au loin, à la campagne,
Soit dans le Bourbonnais ou soit dans la Champagne,
De façon que jamais nos pauvres petits cris

Ne puissent agacer les mondains de Paris.

Puis pour ne pas souffrir tous nos petits caprices,

Sitôt que nous venons de quitter nos nourrices,

— Sans se laisser toucher par notre émotion, —

On nous fait enfermer dans une pension

D'où nous sortons, c'est vrai, portant bien la toilette

Mais pas même en état de faire une omelette.

Ce qui n'empêche pas les mamans de crier :

« Allons, mes filles, vite, il faut vous marier,

» Car, voyez-vous, on fait une bien triste mine

» En tressant les cheveux de Sainte-Catherine. »

Alors, on se marie à la hâte, en courant,

Et sans presque avoir vu le mari que l'on prend.

Et c'est fait ! Oui, mais, moi, je fais bien l'omelette

Allez !.... De plus, je sais cuire une côtelette

Sur le gril... Oh, mais, oui !.... Vous ne le croyez-pas ?

Non !..... Eh bien ! faites moi préparer un repas,

Et vous verrez comment, — j'en donne ma parole, —

Doit sauter un lapin dans une casserole.

Mais je dois avant tout, — c'est là l'essentiel, —

Vous faire le récit de ma lune de miel,

Après, si vous voulez, nous ferons la cuisine.

Donc, pour ne pas coiffer très Sainte-Catherine,

Je me suis mariée, à peine à dix-sept ans,

Avec un homme âgé de trente-sept printemps,

Ayant eu, parait-il, une vie orageuse.

Ce qui rend, m'a-t-on dit, la femme très heureuse.

(Celles qui n'en croient rien, peuvent se marier

Dans ces conditions, afin de l'essayer,

Et, si ce n'est pas vrai, comme plus rien ne force

A garder un mari qui déplait, on divorce).

   Aussitôt mariés, nous cherchâmes le ciel

Où devait rayonner notre lune de miel,

Et, comme tous les cœurs qu'un hymen récent lie,

Nous prîmes notre essor vers la belle Italie.

Quoiqu'on puisse, en tout temps, de ce pays vermeil,

Saluer de plus près les rayons du soleil,

Moi, j'aurais préféré rester dans ma demeure,

Car je n'ai jamais su pourquoi la plus belle heure

De l'existence était passée à l'étranger,

Et pourquoi l'on portait loin ses fleurs d'oranger,

Alors qu'il me paraît si doux et si facile

D'en laisser le parfum dans son intime asile,

Et s'en servir après, s'il nait quelque rancœur,

De baume pour calmer les blessures du cœur.

   Nous nous mîmes en route en sortant de l'église,

Et nous prîmes le train : « *Nice — Gênes — Venise.* »
Nous aurions bien voulu marcher seuls en coupé
Mais, malheureusement ! il était occupé.

Dans le compartiment commun où nous entrâmes
Se trouvaient un gros Turc, deux Anglais et leurs dames
Qui, — quand le chef de gare eut fini de siffler, —
Tous les cinq à la fois se mirent à ronfler,
Mais à ronfler, ronfler !...... Surtout les Miladies !....
Ah ! elles en lançaient des douces mélodies !
Elles et le gros Turc poussaient des ronflements
Qui faisaient trépigner tous les compartiments.
Et c'est ainsi, bercés par ce concert atroce,
Que nous dûmes passer la nuit de notre noce,
Sans parler du charbon qui nous remplit les yeux.
Comme chez nous — tout seuls — nous aurions été mieux !
Ah ! comme nous n'aurions songé guère aux dièses
Du gosier du gros Turc et du nez des Anglaises !

Enfin, après trois jours d'un voyage assommant
Nous atteignons Venise où, malheureusement,
Au lieu de se calmer, la déveine se corse.
En descendant du train, Jean se fait une entorse.
Me voilà, donc, avec un homme estropié
Sur les bras, un mari n'ayant plus qu'un seul pié

De bon ! Un impotent.

Comme il faut des bandages
Pour le soigner, je cours demander nos bagages
Aux employés qui, tous, répondent, ahuris,
N'avoir quoi que ce soit provenant de Paris.
Nos malles avaient fait toutes deux fausse route !
Je pleure, je me plains, mais personne n'écoute.
Si, pourtant, un agent me dit, d'un air très doux
Et moqueur : « *i vostri bagagi sont perdous !*
» *Ah ! povri Francesi !* » Puis il baille, se croise
Les bras et continue avec sa voix narquoise :
« *Miséricordia ! Miséricordia !* »
Je vous laisse à penser si ce charabia
Railleur me consolait.

« Mon Dieu, mon Dieu ! que faire ? »
M'écriai-je. Alors Jean me dit : « Ne désespère
» Pas ! Fais-moi transporter chez un chirurgien
» Habile et tu verras ! — « Oh ! je n'en ferai rien,
Lui dis-je vivement, « il couperait la jambe !
» Avoir rêvé toujours un mari leste, ingambe,
» Vif, et puis consentir à le faire amputer !
» Oh ! jamais ! Je croirais entendre chuchoter
» Sans cesse : Alors un pied du mari de Julie

» Se promène toujours tout seul en Italie ! »

J'emmenai mon mari chez un pharmacien
Qui redressa le pied et le ficela bien,
Mais Jean, n'en dut pas moins rester plusieurs semaines
Dans un lit, endurant les plus atroces peines.
Et c'est ainsi qu'il put me montrer le Lido
Et la belle cité qui se mire dans l'eau.
Au lieu de voguer en gondole à la vesprée,
Nous voguions nuit et jour dans la liqueur camphrée !
Au lieu de visiter les riches monuments,
Nous explorions le pied malade à tous moments !
Ce pied était pour moi, — faites m'en des éloges, —
Et l'église Saint-Marc et le palais des Doges !
Jean, cloué sur un lit sans pouvoir remuer
Sa jambe, était forcé, pour se désennuyer,
De fumer, et moi, moi ! ! bien qu'ayant pris en grippe
Le tabac, je devais, hélas ! bourrer sa pipe ! !
Mais, qui n'en ferait pas autant pour son mari......
...... Dans la lune de miel ?
                              Le pied presque guéri
Et nos colis trouvés, nous partîmes pour Rome
Où le mauvais destin poursuivit mon pauvre homme.

Comme il boitait encor, ce fut clopin-clopant

Qu'il me montra Saint-Pierre et tout le Vatican.

Or, un jour, en quittant la Chapelle-Sixtine,

Il renverse, en tombant, un des grands de la Chine

Visiteur comme nous. — Il s'était attrapé,

En glissant, à sa natte...... à son crâne huppé. —

Alors les mandarins ventrus de son escorte

Se jettent sur mon Jean. Voyant une cohorte

Assaillir un seul homme — on fait cela souvent

A Pékin, — à mon tour, vive comme le vent,

Sur les Chinois je fais pleuvoir, dru comme grêle

Un déluge de coups avec ce bout d'ombrelle.

Pouf ! paf ! pif ! dans les yeux, sur le nez, n'importe où

Tapant comme Courbet, là-bas, à Fou-Tchéou.

Moi seule, je les mis tellement en détresse

Qu'eux-mêmes s'étranglaient en tirant sur leur tresse.

(Vous savez ? elle est fausse ! elle est faite en vieux crins !)

Enfin, je triomphai de tous ces mandarins,

Et je mis en déroute, avec ma frêle ombrelle,

Et le grand de la Chine, et sa sainte séquelle.

Mais un pareil combat, au nez des sacristains,

Fit rehausser le cours de nos sombres destins.

On vint nous arrêter, criant au sacrilége,

Pour nous faire juger par le Sacré-Collége.
Heureusement pour nous, pas un seul cardinal
Ne voulut, pour si peu, former le tribunal.

Vous croyez que c'est tout! et que notre odyssée
Est finie! Eh bien, non! Un soir, au Colisée,
Un sbire arrêta Jean comme conspirateur.
J'allai dire, en pleurant, à notre ambassadeur
Que notre excursion, en presqu'île italique,
Etait très loin d'avoir pour but la politique,
Et mon pauvre mari fut mis en liberté,
Mais après, toutefois, avoir un peu goûté
Du « *Carcere duro,* » d'une prison fétide
Doù l'on ne sort jamais sans fièvre typhoïde.
Et voilà mon époux et boiteux et fièvreux.

Comme c'est amusant! Comme l'on est heureux
En voyage de noce !
           Après cette enfilade
De malheurs, Jean, voulait encor, quoique malade
Et quoique estropié, courir à l'infini.
Il voulait m'amener à Naples, à Rimini,
Où sais-je encore! à Parme, à Milan, à Catane.
Enfin, voir la Sicile et toute la Toscane.
Je lui dis : « Ah mais non ! Lorsque nous partirons

» Ce sera pour Paris ou pour ses environs,

» Parce que, voyez-vous, à tous vos Colisées

» Je préfère Meudon et les Champs-Elysées.

» J'en ai suffisamment de vos Palais-Pitti,

» De vos Place Saint-Marc, de votre Frascati,

» De votre Quirinal, de votre Capitole,

» De votre Tour penchée et de votre Coupole !

   » Qu'est-ce donc tout cela ? des bicoques, des riens !

» Et je ne comprends pas que des Parisiens

» Aillent si loin, pour voir des tours et des portiques

» Où, dans toute saison, la fièvre et les moustiques

» Vous dévorent ! Merci ! Nous en avons assez

» De ces antiquités !.... Et les plats épicés

» Que l'on nous sert ici donc ! Dieu ! quelle cuisine !

» Allons ! allons ! assez de ces murs en ruine,

» De cette polenta, de ce macaroni,

» De ces pifferari, de ces lazaroni.

» J'en ai par dessus tout de toutes ces merveilles

» Et de l'éternel *i* qui perce les oreilles,

» Car absolument tout ici finit en *i*.

» Eh bien *Romanini* ! n-i-ni, c'est fini ! »

— « L'Italie est, — dit Jean, — le pays des artistes,

» Madame, et je ne peux, malgré les moments tristes
» Que nous y passons, vous laisser parler ainsi
» Du berceau des Beaux-Arts, car tous sont nés ici. »
— « Mais nous n'y sommes pas pour tenir la palette
» Ni pour y modeler la moindre statuette !
» Nous n'y sommes pas pour copier Raphaël !
» Si nous nous y trouvons, c'est en lune de miel !
» Lune, hélas ! que, pendant ce douloureux voyage,
» Je n'ai pas même vue à travers un nuage !
» Beaux-Arts et vieux tableaux autant que vous voudrez
» Mais, moi, j'ai dix-sept ans, partant, vous conviendrez
» Qu'on ne m'amuse pas avec la vieillerie.
» Or donc, rentrons en France au plus tôt, je vous prie. »
    Le départ, en effet, eut lieu le lendemain,
Mais il ne fut pas long du tout notre chemin !
Mon malheureux époux eut une forte crise
De douleurs à son pied en arrivant à Pise.
Et nous fûmes forcés de nous arrêter là.
C'était jour de marché. Pas d'hôtels ! Nous voilà
Sur le pavé ! Dans la rue ! A la belle étoile !
Et n'ayant pour camper que des habits de toile !
    Ah ! que nous nous serions contentés d'un moulin !
Où même de la tour où le vieil Ugolin

Dévora ses enfants faute de nourriture

Nous trouvâmes enfin, une vieille masure

Où nous pûmes loger, mais l'effroyable nuit

Que nous passâmes là, dans cet affreux réduit,

Je ne l'oublirai pas.

                Sitôt que nous entrâmes,

Comme nous nous trouvions très las, nous nous couchâmes.

Pas un de nous n'était encor sur l'oreiller

Que le haut et vieux lit se mit à vaciller.

Or, comme il ne tenait qu'à l'aide de ficelles,

Je dis : « Si nous bougeons, nous en verrons de belles !

» Mon Dieu ! Comment sortir de ce grand embarras ?

Comment nous remuer ? »

                Tout-à-coup : *patatras !!*

Tout dégringole, et nous..... avec. Le lit se casse,

Le matelas, les draps, ainsi que la paillasse,

Se déchirent sous nous, et nous nous engouffrons

Dans le vieux grabat où nous nous enchevêtrons

Dans la laine, les crins, la paille et les ficelles.

Jean en était couvert des jambes aux aisselles.

Un de ses pieds, — le bon , — était pris aux rideaux

Ce qui nous fit tomber brusquement sur le dos

L'immense ciel-de-lit.

Alors, je vous l'affirme,
Nous nous crûmes perdus !
                    Pourtant, Jean, quoique infirme,
Parvint à nous tirer de tous ces vieux débris,
Et quelques jours après nous étions à Paris,
Où nous permit, enfin, cet horrible voyage
De respirer en paix l'air doux du mariage.
Où, — soit dit entre nous, c'est confidentiel, —
Commença seulement notre lune de miel.

Donc, soit qu'on se marie en mars, août ou décembre,
Si l'on veut être heureux, qu'on reste dans sa chambre.

LE MAGNAN

Une dame, à taille exquise
De marquise,
Osa me dire avant-hier
D'un air fier :

» Je n'aime pas la chenille
» Qui mordille
» La feuille du vert mûrier
» En entier.

» Elle fait toujours sa mue,
» Se remue
» Et ne sent jamais la fin
« De sa faim.

» Puis, devient de larve avide
» Chrysalide,
» Et sort de son pavillon
» Papillon.

» Elle s'entortille et monte,
» Et, sans honte,
» Explore plus que les mains,
» Des humains.

» Je viens d'en découvrir une,
» L'importune !
» Qui s'était fait un coussin
» De mon sein.

» Mais j'ai mis sous ma bottine
» La gredine
» Et n'ai pas manqué d'oser
» L'écraser. »

J'ai dû dire à cette belle
Si cruelle :
« Mais tuer un de ces vers
C'est pervers !

» Oh ! vous perdez, par ce crime
    Toute estime,
Et c'est bien, en vérité,
    Mérité.

» Madame, cette chenille
    Vous habille.
Sans elle, vous n'auriez pas
    Tant d'appas.

» On sait que la soie émaille
    Votre taille
Et lui donne un chic parfait,
    Comme on sait

» Que vous auriez pu, peut-être,
    Bien moins mettre
De cervelles à l'envers
    Sans ces vers.

» Oui, vous êtes criminelle
    Chère belle,
Pourtant, nous serons des gens
    Indulgents.

» Vous serez, pour une année,
  Condamnée
A ne pas pouvoir cesser
  D'embrasser

» (Douce pénitence en somme)
  Tout jeune homme
Que vous trouverez soignant
  Le Magnan ».

Asnières. — Imp. Louis BOYER et Cie, 10, rue du Chalet

www.ingramcontent.com/pod-product-compliance
Lightning Source LLC
LaVergne TN
LVHW012149170726
843503LV00009B/4076